이유를
묻지 않는
관대함으로

이유를
묻지 않는
관대함으로

김영아 지음

페가수스

차례

1부 목련꽃 같은 달 하나 외로이

낮이 없다	11
새해	12
불행은 밖에서부터 온다	13
별의 도시	14
아버지의 식사	16
달의 노래	17
산이 늙는다	20
끊어내기	22
변화	23
어머니의 기도	24
기차역에서	25
불면증	26
발자국	27
타투	28
바람	29
달팽이	30

혼술 32

시간 속의 시간 33

아픔이 자라면 나무가 된다 34

2부 사랑도 피고 지고

그대 먼저 오는 날 37

수국, 수국 38

기다린다 40

봄 41

석류 42

슬픔을 벗다 43

고독한 침묵 44

걷다 45

보고 싶다 46

겨울 48

낙엽 49

첫사랑   50
5월   51
비 오는 밤   52
커피 한 잔   53
소나기   54
그, 봄   55
길 끝에서   56
4월의 눈   58
물속에서   59

3부 살아지면 살아가는 거다

등산   63
나무   64
친구야   65
가을은 건재하다   66
11월   68

능소화   69

우리에겐   70

처벌   71

마중   72

사소함에 대해   73

어느덧, 중년   74

크리스마스   75

수목원에서   76

정상에서   77

언덕   78

빨강 우체통   80

꽃 편지   82

살구꽃   83

무사귀가   84

맺음말   86

1부

목련꽃 같은
달 하나 외로이

낮이 없다

빛은 가득했고 북적였다
계절을 구분할 수 없는 사람들 속에서
미끈거리는 바다 짠내가
담배 연기와 함께 훈연되고 있었다
젖은 사람들 함성소리가 하늘을 가리는 밤
더 이상 술과 담배는 위안의 상품이 아니다
낮을 저당 잡힌 사람들의 외침이
거리로 쏟아져 나와
천둥번개가 되고 비를 뿌렸다
밤은 엷어져 색은 바랬고
배려를 잊은 변심한 영혼들의 행렬은
경계의 끝과 끝을 떠돌 뿐
선을 넘는 이 아무도 없었다

새해

바람이 세월에 취해
비척거리며 넘어갔지
질기게도 붙어 휘날리는 새벽

아직도 잊지 못한 내 마음은
바람이 부는 데로
세월 가는 곳으로
꼬리 물 듯 이리저리 나부끼던
저편 언저리 강기슭

새해는 밝았고
벗은 맨몸은 아직도 제 옷을 찾지 못해
또 한철 부끄러움으로 살겠네

불행은 밖에서부터 온다

생을 대가로 빚이 늘어간다
점차 강해지는 불행 앞에
겁먹은 나는 오늘도
문을 걸어 잠근다

닫힌 문 앞을 지키고 선 불행은
돌아갈 기미가 없다

생각은 단정하고 겸손하게
행동은 소리 없이 과감하게

숨죽이고 밤을 기다려야 하는가
먼저 문을 열어 맞이해야 하는가

별의 도시

하늘에 있어야 할 별들이
언젠가부터
도시에 정착하기 시작했다

땅을 딛고 사는 별들은
각자의 주거공간을 만들고
가족을 이루더니
한 도시를 건설했다

하늘은 점점 어두워졌고
땅은 화려해져
밤과 낮의 시간을 바꾸어 놓았다

홀로 남겨진 달은 구조신호를 보내듯
매일 밤 늑대울음을 흘려 별자리를 불러 모았다

소리에 응답하는 몇몇 별들이
이미 비대해진 하늘만 볼 뿐이었다

낮에 길들여진 별들은 끝내
하늘 가까운 길을 열지 못했다

아버지의 식사

아버지를 보내는 일은 오래전부터 진행돼 왔던 순서였다
안도와 미련의 순간들을 견디며 시간 앞에 숫자를 써놓고
몇 장의 해를 넘기던 어느 오후
배부른 식사를 마치고 모니터 앞에 시선을 고정했을 때
불만에 찬 아이가 울음보 터트리듯 요란하게 흔들리던 벨소리
허둥대는 지각생처럼 사무실을 빠져나오는 발걸음은 불규칙했다

애정 어린 말 한마디 주고받던 적 언제던가
맨 정신으로 멀쩡했던 모습 본 적이 없다
밥을 술로 대신하던 아버지의 손은 생각보다 따뜻했다
벌목 현장에서 미처 가져가지 않은 폐목처럼
갈 곳 몰라 평생을 떠돌아 다녔을 인생
밥 한 끼 제대로 어울려 먹은 적 없던 아버지는
하늘에서도 취한 눈 비비며 등 두드려줄 누군가를 찾고 있겠다

달의 노래

1.
크게 한 입 베어 물린 달 한 조각 옆에
초록별 하나 운명을 다하고 낙하하려 할 적에
서러움으로 날선 달, 초록별을 탐하였다.
달의 눈동자가 된 초록별 달 속에 신화는 묻혔더라
하늘 아래 바다 끝 보지 않아도
달의 배는 점점 부풀어 올라 거친 숨 몰아쉰다
달의 뱃속에는 하늘 비밀, 바다 정원이 가득하다
그 뱃속을 가르고 오래전 삼킨 비밀을 보게 되는 자,
세상 우주의 우두머리가 될 수 있다
소문은 주문 없이 노래가 되어 세상너머 우주로 퍼져나가
수많은 사람들과 우주인과 별들이 달을 정복하고자 공격했다.

2.

나를 먼저 좀 봐주지 그랬느냐
하늘너머 바다 끝나는 곳에서
그대 옆에 애달아 흔들리는 추
내 그림자 좀 어여삐 봐주지 그랬느냐

죽어가는 그대 영혼이라도 내 것으로 만들고 싶어 한 몸이 되었
으니
이리도 많은 비밀을 간직한 그대에게 죽음은 축복이었다
미안하다. 내 욕심이 그대 영혼을 고단하게 해서
내 몸이 반으로 반으로 반으로 쪼개져 누군가의 먹잇감이 될수록
그대 영혼은 가벼워지길.
이제 초록 눈을 빼버려, 어서
당신의 몸이 갈기갈기 뜯어져 나가는 모습을 내가 어찌 본단 말
이냐

미안하다. 바다 끝에 잠든 내 업보를 지우기보다
밤새도록 당신 이야기를 들으며 잠들었다면,
하늘 아래 바다 아래 비밀을 간직한 자,
세상 우주의 우두머리가 될 수 있다네

산이 늙는다

굽은 등을 보이고 말았다
깡마른 몸뚱에 버짐이 서걱거리고
오줌 지린 아래쪽은 축축했다
한때 구름길 따라 솟아오르던 청춘의 숲은
태양을 가리고 내 안의 우주를 담아
산과 나무에 그리고 물에 각인시켜
영원을 꿈꾸었다.
부러울 것 없는 풍요로움과 관대함으로
모두를 포용하던 그 시절
시간 앞에 맹세한 약속들은 놀림감이 되어서도
계절을 예고하는 신사였다
그의 옷과 신발과 재산을 빼앗고
깊은 우물로 밀어버린 죗값의 대가는
늙음이었으니
산이 늙어간다.

길 끝에 굽은 등으로 기어가는
늙은 산은 시간 앞에 언약했던가
빛을 잃은 산 아래 사람들이 더는 보이지 않는다
계절의 신사는 다시 오지 않았다.

끊어내기

절제도 없이 풀어지는 두루마리 휴지처럼
놓치는 순간 예상치 못한 길이 생기지
물이라도 닿는다면 걷잡을 수 없이
스며들어 다시는 재기할 수 없게 돼
정신 바짝 차려!
탄력적으로 대처하되 아니다 싶을 땐
과감히 끊어버려!
야금야금 물길 타고 기어와
손목을 붙잡히는 날엔 정말 끝이야
절대로 긴장을 늦추면 안 돼
일상의 반복은 아직 끝을 모른다는 것
마지막 패는 뒤집지 않았으니
누구도 승자는 아니지

변화

변하지 않는 것은 부끄러운 일이다
분노, 자괴감, 울분, 열등감, 질투, 욕망
심장을 달구는 모멸감에 대해 덤덤하다면
인간으로서 예의를 저버린 것이다
한결같음을 의심하고 아름다움을 슬퍼하라
어제와 다른 오늘이 가로수 은행열매처럼
짓밟혀 본분을 다하지 못한다 해도
적나라한 감정의 파편들은
한걸음 흔적으로 남아 전달자 되리니

어머니의 기도

새벽 세시
한번 깬 잠이 더는 오지 않는다
방 불을 켤까 하면서도 눈을 뜨지 못한다
외출 나온 영혼들도 돌아갈 시각
산 자와 죽은 자 모두 쉬어야 해는 뜬다
일어나기를 주저하는 망설임의 교차시각

시간이 멈춘 듯 고요한 새벽 세시
어머니께서 방 불을 밝힌다
고양이 가르랑대듯 나른하게 들려오는 목소리
세상에서 가장 영험한 신기의 기도소리
흰 연꽃 피어나 향기 스미듯
어머니 품 안에서 못다 이룬 꿈을 청해본다

기차역에서

물이 빛난다
나무가 빛난다
물길 따라
나무길 따라
기차는 달리고
빛을 쫓는 사람들은
은하를 기다린다

물이 빛난다
나무가 빛난다
물길 따라
나무길 따라
빛을 담아가는 사람들로
역 앞이 분주하다

불면증

선 밖으로 밀려난 나는
마시지 않아도 취기가 돈다

매운 고추 하나 베어 문 듯
붉은 눈물 뚝뚝 흘리며
아찔한 서러움에 어지럽다

생각의 끝에 방치된 몸은
가물거리는 혼돈으로 흔들리고
쪽 섬 띄워 파도에 맞선다

발자국

나처럼 살지 말라던 어머니의 발자국을
어머니처럼 살지 않겠던 내 발자국이
따라가기 시작했다

중심을 잃은 어머니의 발자국과
내 발자국 위로 장대비가 쏟아졌다

모래 무덤처럼 부풀어 오른 슬픔이
청개구리 울음으로 어머니를 부르고 있다

타투

잊지 않으려 새기고 새기는 밤
긴 비는 내리고 내린다

젖은 나무 위로
집 없는 달팽이 담쟁이덩굴로 오른다

손끝마다 절절한 덩굴 잎들이
타투처럼 달팽이 몸통에 새겨진다

바람

그림자 뒤로 선 바람은
인생의 길목으로 나를 떠밀었다

앞서 길 떠난 바람,
내게 악수를 건넨다

청춘의 밤은 기억도 없이
각자의 일터로 돌아갈 시간

거친 바람은 손등을 긁어대며
세월의 흔적을 남긴다

달팽이

내몰렸다
발가벗겨진 채로

얼어 죽지 않으려
투명한 각질로 몸을 가리고

기웃거리며 이곳저곳을
헤매어 보지만

결국 그는 냉습의 영지를
벗어나지 못한 짐승일 뿐이다

물로 채운 뱃속에서
언제부턴가 미역냄새가 나기 시작했다

돌고 돌아도
돌아가 숨길 수 없는 몸이라

웅크린 달팽이의
소리 없는 절규가

어둠의 습지를 기어 다니고 있다

혼술

혼자 마시는 술은
늘 허기가 진다

비뚤어진 시선이 술잔에 떨어져 내리면
허기진 불만으로 핑계를 만든다

축축한 안개비 내리는 새벽
콩나물국밥 한 그릇으로 길을 나선다

숙취는 여전하고 위로해줄 누군가를 찾다가
길모퉁이에서 술과 밥을 게워내고는

헛헛한 배를 문지르며
신호등 꺼진 횡단보도를 건넌다

시간 속의 시간

변수 많은 인생에
원칙이나 확신이 필요할까

맞섰고 깨졌고 삭혀진
시간 또한 시간 속으로 묻혔다

지나온 계절은 돌탑처럼 쌓였고
촉박해진 짧은 하루에
조바심만 가득하다

아픔이 자라면 나무가 된다

몸이 먼저 반응하는 아침
마음의 무게가 몸의 체중을 이겼다

주저앉은 한쪽 다리가 이상하다
불구가 된 나는 타인의 시선을 적응하지 못한다

나무가 자랄수록 똑같이 자라는 뿌리처럼
내 절뚝이는 한쪽 다리는 뿌리가 되어 땅속 깊이 파고든다

상처 많은 나무의 고통은 거북이 등껍질마냥 갈라져
치유 받지 못한 절름발이로 허리가 굽는다

내 남은 하루의 그늘이 불편한 한쪽 다리를 가려주고 있다
새로 피운 꽃과 잎에서 새살이 돋는 듯 간지럽다

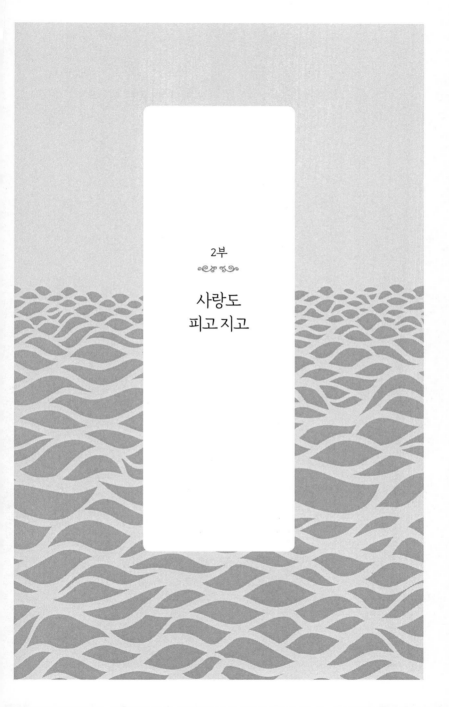

2부

사랑도
피고 지고

그대 먼저 오는 날

내가 먼저 잊는 날도 오겠지요
벌써 피어난 꽃처럼
무심히 보낸 안부 문자처럼
익숙하지만 잊고 있던 일상의 좌표를 따라

잊은 척 하며 잊는 날도 오겠지요
웃는 척
있는 척
끝난 척 하면서

참아온 날들의 한숨들이
햇빛에 말라 바스러지는 날
내가 먼저 손 털어내고 일어서는
그 어느 날의 언더그라운드를 밟고
그대 먼저 오는 날도 한번은 있겠지요

수국, 수국

당신이 틀렸다 말하고 싶었다
끝내 베어내지 못한 비겁한 변명들
변덕스런 수국처럼 부풀대로 부푼
허세와 욕망들이 뱃속에 뭉쳐
쑤꾹, 쑤꾹
거짓을 포장 한다

내가 옳다고 말해야 옳았다
뿌리 내리는 곳곳마다 서툰 몸단장으로
당신을 유혹했었다

잡음 가득한 정지화면으로 보이는
저 사람은 당신인가, 아니면 나의 꿈인가
스스로 선택한 고립이었으니
그때는 옳았다

바다, 산, 들, 절벽, 담장, 화분
외따로 떨어진 당신과 나는
각자의 섬으로 쑤꾹, 쑤꾹
수국으로 피었다

기다린다

오지 않을 너를 기다린다
명분을 잃고
마땅한 추억조차 들이밀 것이 없어
혹시나 하는 망설임으로
오늘도 너를 기다린다

간절하지 않은 기다림은 지루하다
아직도 나는 떠날 명분을 찾지 못해
길 한복판을 서성이며
또 누군가와 눈이 마주치길 바란다

오지 않을 너를 기다리는 신호등은
등대처럼 오늘도 깜박인다

봄

너를 알고 진짜 봄을 알았다
봄을 기억하지 못한 나는
네가 봄인 줄도 모르고
오지 않은 계절을 탓하며
원망과 질투로 보냈다

잊힌 기억의 봄은 눈물이었고
열매가 되지 못한 허무였다

2월의 꽃눈으로 내게 온 그대
영글어 가는 사랑으로 하루 오시길

석류

지독한 궁핍과 고독을 견디다
심장이 터져버린 석류

사방으로 흩어져 피 얼룩이 진다
동정 없는 무관심 속에 짓뭉개진 석류

홍옥처럼 빛나던 과거의 영광은
그대 기억 속에서만 충만하다

사랑은 낭비였고
우정은 소모였다

다음 생이 있거든 부디
그대, 석류는 잊고 오시라

슬픔을 벗다

내 슬픔이 얼마나 깊은지 그대는 모르나보다
하늘빛이 지겹도록 눈부시다 해도 내 하늘은
아무것도 볼 수 없는 암흑의 세계
자신 앞에 펼쳐진 세계에 눈이 먼 당신
그날도 내 하늘은 보이지 않았다
홍시 터지듯 소리 없이 무르익어버린 우리는
이제 사랑이 아닌 다른 이름으로 불리어져야 할 때
한때 그대 목소리에 마음을 주고 도피를 꿈꾸어본 적 있다
얼마나 덧없는 사심이었던가
경륜과는 상관없이 멈춰있기를 원했었다
슬픔은 그대로부터 시작됐고
지금 할 수 있는 최선의 노력은 시간을 포기하는 것
사랑이 어둠으로 꺼져갈 때 다 쓴 통장의 마그네틱을 벗기듯
그대 이름을 지운다.

고독한 침묵

날씨 탓이다 아니 네 탓이다
새 잎 다 지도록 소식 한 번 없던 무심함에
바짝 마른 내 지루한 일상의 시간들은
은행 열매처럼 지독한 냄새를 풍기며
우두둑 우두둑 으스러졌다
굵은 가지를 붙잡고 털어내야만 좋은 열매를 얻는 것은 아니다
사람의 손이 바람의 손을 이길 수 있을까.

밟히고 뭉개진 지난 시간들에 대한 보상으로
너를 기다린 것이 아니다
지나친 상상과 기대로 내일을 믿었고
아프다 말 한마디 내지 못한 침묵은
노란 잎으로 뚝뚝 떨어져 내렸다
불꽃에 그슬린 열매 속살에서 숲의 향기가 난다
행여 올까 두려운 너를 지우며
겨울 숲의 메마른 향기를 맡는다.

걷다

뚜벅뚜벅 어디까지 가볼까
지우려 할수록 난잡해지는 기억
어디 가야 쏟아낼 수 있을까
절박함마저 무너져 내린 밤

빈곤한 사랑에 동정은 없다
그칠 생각 없는 비를 맞으며
닿을 길 없는 이별지를 찾아
젖은 발걸음을 옮긴다
어디까지 갈 수 있을까

보고 싶다

길모퉁이 작은 가게 이름은 '보고 싶어'야
지겹도록 맴도는 이름 하나 잊지 못하고 풀어놓았나봐
시월 오는 소리에 가슴 뛰어 숨이 차다는 그 사람
'보고 싶어' 이리로 와 줘

우르르 끓어오르는 말에 어쩌지 못한다면
작은 골목 모퉁이를 돌아 '보고 싶어' 그리로 오시라
살아지면 살아가는 거고 살다보면 사랑하는 거지
직소퍼즐 같은 정확한 사랑이 어디 있던가

보고 싶다는 말 한마디로 부를 한사람 있다면
그대는 이미 세상의 기쁨을 가졌다
단순한 언어가 세상을 감동시키듯
우리의 사랑이 가벼운 건 흔들림을 두려워하지 않기 때문

'보고 싶어'가게에 들러 그리운 이에게 전화를 걸어
흐린 언어로 빚은 유희가 바람을 타고
누군가의 외로움을 달래주면 먹먹한 삶에 비가 될지 모를 일
가을 한 복판에서 부르는 일상의 구호
길모퉁이 작은 가게 '보고 싶어'를 찾아주시라

겨울

다 벗어버리고 부끄러움 없이
사랑해 본 적 있느냐

조건 없이 베푸는 햇살 무심한 날갯짓
배짱 좋은 나무들의 고즈넉한 넉살

가진 것 없어도 떳떳한 겨울의 양심을
그대 정녕 비척거리지 않고
홀로 가져본 적 있느냐

낙엽

당신이 돌아서 간 길 아래로
엽서처럼 낙엽이 쌓였습니다

많은 밤 수많은 낙엽들이
별이 되어 사라질 때까지
당신은 꿈속에도 없었습니다

결국 시들고 지친 기다림 위로
햇볕 한 줌 쏟아져 내리면

당신도 모르게 나는
부서지고 있었습니다

첫사랑

오래된 달걀 속으로 노을번지면
흩어지는 기억 속에 당신이 있다

저리 까마귀 우짖는 추억은 없지만
희망에 눈멀었던 배꽃 같던 시절

지나고 나서야 그리워지는
비릿한 사랑
달력 뒷장에 묻는다

5월

이별을 고할 때는
5월이 지나기 전에 들려주세요

말쑥한 햇살에 얼굴이 따가워 올 수도 없게
아카시아 향기에 간지러워 웃어버리도록
하루 다르게 초록 잎이 무성해지는 시간에

그러나 그대
5월에 속지 말기를

터지는 꽃송이들 밑엔 가시가 숨겨져 있다는 사실
꿈인 척 교만 떠는 태양과 나비 날갯짓에 무르익으면
화려함 뒤에 찾아오는 지독한 외로움

비 오는 밤

비 오는 밤
늙은 여인의 창가는 환하기만 하다

창문 밖의 잔이 빗방울로 채워질수록
여인의 술병은 비워져 간다

내게도 그치지 않는 사랑 하나 있었단다
어제를 죽이며 절망하기도 했고
어느 창문가를 기웃거리며 울기도 했었단다

주절대는 어둠은 흔들리고
피곤한 듯 눈 비비는 아침하나
창문 안 여인을 들여다보고 있다

커피 한 잔

그대에게 있어 나는
진한 커피 한 잔 정도면 됩니다

손금 같은 빗줄기가 강을 여는 아침나절
먼지 쌓인 옛 집의 정겨움이
부딪치는 계절과의 교차지에서

미처 씻지 못해 얼룩진 잔에라도
이 빠진 사기그릇에라도
일회용으로 버져지는 종이컵에라도

익숙한 향기로
그대 입가에 머물 수 있다면
그것으로 충분합니다

소나기

후드득, 톡, 톡
쏟아져 내린다

세상을 금세 포옹해버린
너를 안고 춤을 추었다

속살까지 젖는 줄 모르고
행복해서 눈물이 났다

꿈인가 싶어 눈을 비벼본다
아! 소나기였구나

그, 봄

지독한 지끈거림
지독한 불면증
지독한 인내심

이별은 처방전 없는
지독한 통증들을 견뎌내는 일

만삭의 몸으로 찾아온 봄을 외면하고
무정하게 돌아서는 비겁한 불륜 같은 것

무능했던 지난 사랑은 선택 없는 낙화로 흩어져
또 다른 통증으로 다시 찾아올 그, 봄

길 끝에서

끝을 향해 가지만 끝을 알 수 없는
나의 결말
너의 역정
나와 너의 사소한 작별

나의 길은 달랐다
모든 사람들이 다니는 길이
내게는 보이지 않아 매번 길을 잃었다

죽은 영혼과 마주하는 것보다
더 두려운 현실의 인연이
때로는 목을 누르는 통에 길바닥에 쓰러지기도 했다

나는 아직도 누군가 표시해둔 길을 찾아 헤맨다
낯선 길을 걸으며 나의 표식을 남겨두는 것도 잊지 않는다

끝나지 않았다
나의 결말
너의 신호
나와 너의 사소한 시시비비

길 끝에서 마주하는 재회의 순간은 항상 어둡고 불길하다
오늘도 나는 척박한 길 위에 좌표를 잃고 홀로 서 있다

4월의 눈

그대와 헤어진 후
어느 날은 한없이 좋았다가
어느 날은 몹시도 화가 났다가
또 어느 날은 갈 곳 몰라 눈만 깜박이고 있었다

4월에 눈이 내리듯
다 지난 계절이 뜻밖의 안부를 전하는 것처럼

이별도 사랑이라서
생각지도 않은 시간, 쩍하고
얼음 깨지듯 떠오르는 그대 얼굴

어느 날은 한없이 좋았다가
어느 날은 몹시도 화가 났다가
또 어느 날은 갈 곳 몰라 눈만 깜박이며
4월의 눈을 맞고 있었다

물속에서

내 시름의 끝은 결국 물속이었다
끝나지 않은 밑바닥의 연속
너덜해지고 부패된 악취가
물결을 따라 흔적을 지운다

질기게도 오늘까지 쫓아온 어제의
집착이 족쇄가 되어 살점을 파고들었다
철그렁철그렁 앓는 소리가
밤새도록 잠을 깨웠다

이별은 난치병처럼 또다시 발병했고
조금의 갈증도 해소하지 못한 흔한 연애는
길바닥에 무심히 버려졌다

결국 내가 선택한 투신 장소는 물속이었다

몸 안에서 아직 온기가 느껴진다
출렁이는 내게로 물수제비 돌 하나
첨벙첨벙 다가오고 있다

3부

살아지면
살아가는 거다

등산

어쩔 수 없는 것을 쥐고 울지 않기를
남루한 일상은 안녕이다
앞으로 쏟아져 나올 고통의 계단에서
절대 뒤돌아 내려가지 않기를

그대의 절박함을 아는 이 없다 해도
이제껏 흘린 눈물엔 관심 없다 해도
언제부턴가 처절한 외로움을 외면한다 해도

발끝에서부터 기어오르는 후유증은
온전히 그대가 받아들여야 할 중력의 일부
그대의 완치 없는 견딤을 응원한다
부디
굽은 어깨를 펴고 정상에 올라서라

나무

오롯이 비를 맞는다
우산 하나 내어줄 사람 없고
안타까워 해줄 사람도 없다

괜찮다 정말 괜찮다
비를 피하려 움직이지 않을 것이고
도움을 청하지도 않을 것이다

비가 그치고
강렬한 태양에 감전되듯 아침이 오면
한 발자국 넓어진 그늘을 자축하리라

친구야

가난한 친구를 위해
술잔 기울여줄 준비가 되었는가

부끄러움 없이 나이를 말하고
한숨 아닌 호흡으로 뒤돌아서
힘내, 다독여 줄 친구 있다면

가진 것이 많을수록
오르는 길은 고단하다

아직 반은 더 걸어가야 할 인생길
나란히 걸으며 얘기할 친구 있다면

언제든 우리 일상처럼 만나
취한 붉은 노을로 저물어갈 수 있다면

가을은 건재하다

고집으로 채웠던 욕심이 덧없음을 알았을 때
해묵은 약속을 되짚어 당신을 떠올렸습니다
치열하고 고단했던 일상이 단순해지고
단풍잎의 빠른 발걸음이 보이는 순간,
당신과의 약속이 그리움으로 다가왔습니다

어둠보다 먼저 찾아온 눈의 침침함은
시간 앞에 당당했던 청춘을 깜박깜박 잊곤 합니다
한 서리 내리고 코 끝 찡한 아침나절
당신을 찾아가겠습니다
어디에 있었고 무엇을 했는지는
서로 묻지 않기로 해요

아직 털어내지 못한 단풍잎이 남았고
가지 끝 새들의 둥지는 건재합니다
당신을 끌어안고 한참을 울지 모릅니다
당신과의 동행에 주저했음을 후회한다고
당신의 온 몸에 입 맞추며
조용한 여행자의 슬픔을 함께 하겠습니다

11월

어디서 왔든
어떻게 왔든
함께 흘렀던 거지

어느 한 계절 흐르고 흘러
황금 같은 시절 다 물 빠지고
억새풀 되었다만

외롭지 않았어
그대, 잘 가시게

능소화

정말로 간절하다면
몸을 던져 빠져 볼 일이다

완전히 나를 버렸을 때
비로소 보이는 가느다란 선율

능소화 가지처럼
한 소절씩 피어나는 꿈

소망은 그렇게 이루어진다

우리에겐

우리에겐 가끔 조용해야 할 순간들이 있다

꽃들의 연이은 자살을 겸허히 받아들여야 하며
깊은 밤 잠 못 드는 이유를 묻지 말아야 한다

허전한 미래에 목소리를 높일 필요는 없다

만남과 헤어짐에 이해를 바라지 말고
늙은 여인의 조잡한 화장을 비웃지 말자

우리는 가끔 알지 못하는 것에 대해
관대해질 필요가 있다

처벌

열심히 살지 못했다 자책하진 마시길
그대의 꽃길은 아직 열리지 않았으니
섣부른 눈물은 숨어서 흘리시길

그대는 최선을 다하지 않았다
그럼으로 더 많이 눈물을 흘려야 한다

술병의 개수를 숨겨야 하고
혼자 있음을 감추어야 한다

늙음이 추함이 되지 않기 위한
버림과 받음을 구분할 줄 알아야 한다

마중

하늘 빛 좋은 날에 오시게
혼자여도 좋고 둘이나 여럿인들 무슨 상관이랴
그대와의 인연들은 모두 다 환영하나
무거운 가방만은 두고 오시게
짐짝처럼 질질 끌고 오는 것이 가방뿐일까 만은
적어도 우리가 만나는 날에는
멀리서도 두 손 흔들며 웃고 있는 그대
얼굴이 먼저 보였으면 좋겠네
꽃송이 하나, 낙엽 한 잎
먼지처럼 흩날리는 민들레 홀씨마저
기쁜 나머지 심장이 두근대는
볕 좋은 날에 그대를 마중 나가고 싶네

사소함에 대해

별거 아닌 것들이 어느 순간
부드러워지는 날이 온다면
당신은 더 이상 외롭지 않을 겁니다

사소한 기억조차 없던
여러 날들의 무심함을 반성하며
연락처를 검색하고 있다면
당신은 분명 행복해진 겁니다

보잘 것 없는 잡동사니마다 의미가 더해지고
당신의 기록들이 지워지던 삭막한 시간은, 이제
손목을 움켜쥐는 붉은 실로 태동합니다

어느덧, 중년

머리가 늘 개운하지가 않다
길을 걷다가 아는 이를 만나면
반가움보다 기억을 더듬게 되고
탐색하는 일이 많아졌다
부쩍 추운 날이 신경 쓰이는 건
옷이나 신발을 사는 것보다
영양제나 건강식에 관심이 쏠리기 때문이다
복잡한 관계를 어떻게든 이어보려 했던 집착은
접착력을 잃고 너덜해진지 오래다
인내의 힘을 알았고 열정을 숨길 줄도 안다
따뜻한 한 끼 밥상의 감사함을 알았고
봄볕의 나른함에 두 손을 모으는 중간 나이가 됐다

크리스마스

지나온 날의 반성보다
살아갈 날의 기대감이 더 환상적이다

갊아나가야 할 현실은 늘 고달프고
어쩌면 내일은 더 불행할지도 모른다

장보기를 주저하는 날
친구와의 약속을 미룰 것이고
거짓말을 한 두 개 더 해야 할지도 모른다

나무마다 크리스마스 전구가 켜졌다
차가운 도시는 깜박이는 별을 안고 승천한다

전구 하나씩을 감추고 지나가는 사람들의
발걸음 소리가 청량하기만 하다

수목원에서

혼자여도 좋은 날 수목원에 갑니다
콩보다 작은 꽃들과
돌 틈 사이 뿌리를 드러낸 풀마저도
자기 이름을 잘도 지켜내고 있습니다

혼자 있어도 아무렇지 않은 곳에
자리 터를 잡고 이름을 내린
생명에 이르는 호출을 잠시 잊고 지냈습니다

혼자여도 좋은 날 수목원에 갑니다
꽃 마중 나온 바람 덫에 걸려
잠시 쉬어가도 좋겠습니다

정상에서

내려다보는 세상은 온통
짙은 단풍으로 황홀하다

신발 속까지 단풍물이 스미면
걸을 때마다 내 몸도 채색된다

그리움 따위 잊은 지 오래지만
오늘 같은 날엔 얼굴 하나 떠올려도 좋겠다

유난히 붉은 낙엽 하나
돌탑 위에 올리고

엔딩 크래딧 내리듯
산을 내려온다

언덕

어두운 골목으로
남은 하루가 오르고 있다

타박타박 길게 기울어진 언덕
희멀건 가로등

그 밑으로
수없이 오르내렸던

길이 있어도 길이 없던
무명의 세월들이
고달팠던 하루를 털어내고 있다

젖은 바람이 몸속으로 들어와
언덕을 따라 흔들리고 있다

가파른 골목으로 짊어진
검은 그림자 하나

아직 저 아랫마을에
그리움처럼 머물러 있다

빨강 우체통

각자의 사연들을 바다에
방생하듯 보내주러 왔다가
방파제 끝 빨강 우체통에
슬쩍 넣고 갑니다

빨강 우체통 안에 담긴 사연들은
수족관 고기들처럼 이리 몰리고 저리 몰리며
바다 냄새를 먹고 무럭무럭 자라납니다

죽음, 이별, 미움, 기다림, 그리움, 애틋함, 절망, 속박 따라
소멸하리라 믿었던 수취인 불명의 사연들이
어느 날부터 출구를 찾아내 거리로 탈출하기 시작했습니다

갈매기 등에
출항하는 어선 위에
파도에 실려 온 바람 등에
빨강 우체통 사연들이 대롱대롱 매달려 갑니다

꽃 편지

알람시간처럼 봄이 왔다

마실 가는 할머니 옷차림 같은
촌스런 화려함이

매화로 동백으로 개나리로 벚꽃으로
개울물 흐르듯 도로를 따라

꽃 편지를 실어 나른다

살구꽃

돌 지난 애기 웃음 같은
살구꽃 피었다
발그레한 애기 볼 같은 살구꽃

엄마, 아빠 마중 나온 듯
성급한 걸음걸이 설렌 웃음으로
행인들 걸음을 묶는다

무사귀가

슬플 거야
외로울 거야
불면증으로 낮을 잃어버린 시간은
서러움으로 하루 종일 취해 살겠지

괜찮지 않은 너에게
잘될 거야 라는 말은 유머일 뿐

위로의 말 한마디 대신
무심함이 더 고마워지는 밤이 오면

그 밤의 비가
그 밤의 노래가
그 밤의 한 끼가

어쩌면 네가
존재해야 하는 답을 줄지도 몰라

오늘 밤도 나는
너의 무사귀가를 바란다

맺음말

바삭한 햇빛이 목마르게 간절했던 지난 세월들을 기억합니다.
간절했기에 오늘이라는 시간이 얼마나 감사한 행복인 줄도 압니다.
어느덧 중년.
새로움보다는 익숙함이 좋은 나이가 됐습니다.
꿈을 도전한다는 것이 염려스런 나이가 됐습니다.
하지만 앞선 걱정은 모른 척 접어두고 다시 비상하고 싶은 욕심
을 내보려 합니다.
글을 통해 따뜻한 사람들과 소통하며 새로운 변화에 겁먹지 않
고 멋있게 늙어가 보겠습니다.
소개하는 이 시들은 오랜 시간 채움과 비움으로 다듬어 고른 제
삶의 흔적들입니다.
어느 한 편의 시가 누군가의 마음을 움직이고 생각나게 한다면
시인으로서 큰 보람이고 기쁨일 겁니다.